AF198109

Diese Geschichte enthält Themen, die für einige Leser*innen
unangenehm sein können.
Solltest du dir unsicher sein, dann sieh dir bitte die Contentnotes
am Ende des Buches an.
Sie könnten dich spoilern.

Jessica Düster

Teddy Alltagsheld

Eine blutige Weihnachtsgeschichte

© 2023 Jessica Düster
Website: www.jduester.de

Lektorat von: Buchkompass Lektorat,
www.buchkompasslektorat.de

Druck und Distribution im Auftrag der Autorin:
tredition GmbH, Heinz-Beusen-Stieg 5, 22926
Ahrensburg, Deutschland

Das Werk, einschließlich seiner Teile, ist
urheberrechtlich geschützt. Für die Inhalte ist die
Autorin verantwortlich. Jede Verwertung ist ohne
ihre Zustimmung unzulässig. Die Publikation und
Verbreitung erfolgen im Auftrag der Autorin, zu
erreichen unter: Jessica Düster, Westerstieg 1, 25718
Friedrichskoog, Germany.

Für alle, die schon immer mal einen Lustikus von den Simpsons haben wollten.

Schnee zu Weihnachten

Leise Musik spielte im Hintergrund. Die CD hatte bereits den ersten Durchlauf geschafft, startete jetzt eine weitere Runde, und Michael Bublé begann säuselnd davon zu singen, dass es langsam schon wieder anfing, dass alles nach Weihnachten aussah. Der Tannenbaum, unter dem noch einzelne Reste von dem roten Geschenkpapier mit den goldenen Sternen lagen, bestätigte diese Aussage. Die Lichterkette beleuchtete den Schmuck, spiegelte sich in den glänzenden und matten Oberflächen der Kugeln, ließ alles ein wenig glitzern und schimmern.

Genau wie die Kugeln, die ich Marcel, damals noch mein Freund und nicht mein Ehemann, zu unserem ersten gemeinsamen Weihnachtsfest geschenkt hatte, mit genau dieser Aufschrift.

Unser erstes Weihnachten.

Es war eine weiße Kugel mit blassen, hellblauen Schneeflocken darauf. Die Schrift war geschwungen und rotgolden. Besonders die Schriftfarbe passte erschreckend gut zu den zarten Blutspritzern, die sich über diese und andere Kugeln verteilt hatten. Es war in der Wärme der Luft schon getrocknet und hatte Tropfen gebildet, die wirkten, als wären sie in der Zeit stehen geblieben.

Der Braten, für den ich die letzten Stunden in der Küche gestanden hatte, der mit der perfekten Kruste, stand auf dem gedeckten Tisch und war inzwischen sicherlich kalt. Hätte ich das alles gewusst, was heute passieren würde, dann hätte ich mir die ganze Mühe nicht gemacht und lieber die Zeit mit Marcel verbracht, anstatt mich damit zu stressen, dass die Tischdecke auch wirklich faltenfrei war.

Wie, im Namen aller Geister, die Scrooge jemals besucht hatten, hätte ich darauf kommen sollen, dass das unser letztes gemeinsames Weihnachten sein würde? Ich sah aus dem Fenster auf der anderen Seite des Wohnzimmers.

Es schneite.

Natürlich schneite es dieses Jahr. Das erste Mal seit gut zwanzig Jahren, dass wir weiße Weihnachten hatten, und anstatt, dass wir draußen durch den Schnee liefen, uns aneinander klammerten, um uns warmzuhalten, uns sagten, wie sehr wir uns liebten, saß ich hier auf dem Boden und wischte mir stumm eine Träne vom Gesicht.

Sicherlich hatte ich mir gerade Blut über mein Gesicht verteilt, aber das war jetzt auch egal. Es war alles egal, wenn ich es mir recht überlegte. Sollte das Blut in meinem teuren Kaschmirpullover doch trocknen und ihn ruinieren. Sollte der Braten kalt und der Wein warm werden – es machte keinen Unterschied. Nicht für mich und auch nicht mehr für Marcel. Schon gar nicht für Marcel.

Draußen konnte ich die Stimmen von Kindern hören, die kreischend umherliefen. Sofort zuckte ich zusammen und horchte auf. Warum schrien sie? Hatten sie etwa auch? Lachen durchbrach das Kreischen und mir wurde klar, dass sie sich über den Schnee freuten. Niemand da draußen schrie und wimmerte um sein Leben. Für einige von ihnen war es bestimmt das erste Mal, dass sie ihn in ihrem Leben sahen. Schön für sie.

Für mich, würde es das letzte Mal sein. Das letzte Mal Schnee, das letzte Mal Weihnachten, vermutlich sogar der letzte Abend.

Was das anging, war ich mir sicher.

Michael stimmte das nächste Lied an. Santa Claus war auf dem Weg in die Stadt.

Ich presste die Lippen aufeinander und weinte stumm, während ich mich an das Messer in meiner Hand klammerte. In dem Teil der Klinge, die nicht voller Blut war, spiegelten sich die Kerzen vom Tisch, an dem wir eben noch gesessen hatten.

Eben? So leise wie möglich versuchte ich mich vorzubeugen, irgendwie einen Blick auf die Uhr zu bekommen, die auf dem Bücherregal auf der anderen Seite des Raums stand, doch ich schaffte es nicht. Zu sehr blockierte mich die Angst, auch nur ein Geräusch zu machen. Langsam lehnte ich mich wieder zurück.

Keine Ahnung, wie lange ich hier schon saß, ich hatte mein Zeitgefühl verloren, seit ...

Ohne viel Bewegung, nur mit meinen Augen, sah ich nach rechts, sah aus dem Augenwinkel die Umrisse eines Körpers.

Marcels Körpers. Kaum hatte mein Gehirn verstanden, was ich dort sah, presste ich sie so gut ich konnte meine Augen zusammen. Nein, ich wollte ihn nicht so sehen, wollte diesen Anblick nicht in meine Gedanken, meine Erinnerungen einbrennen. Egal, wie lange ich noch zu leben hatte. Wenn ich an der Reihe war, dann wollte ich ihn so in Erinnerung haben, wie ich ihn geliebt hatte. Glücklich, freudestrahlend und voller Leben. Mein letztes Bild vor Augen sollte nicht seine Leiche sein, deren Kehlkopf in Fetzen aus dem Hals hing.

Warum hatte er das auch machen müssen?

Es war alles seine Schuld. Seine ganz alleine, und ich konnte ihm das nicht einmal vorhalten. Dabei hätte ich es ihm gerne entgegengebrüllt, doch das würde ich nie wieder tun können.

Marcel atmete nicht mehr.

Wenn ich recht überlegte, dann seit gut 6 Lieder schon nicht mehr.

Noch immer saß ich mit geschlossenen Augen da, als würde das etwas an der Tatsache ändern, dass er das hier verschuldet hatte.

Es war alles perfekt gewesen, ich, wir, waren glücklich gewesen, aber er hatte alles kaputt machen müssen – und das nur, weil er mir diesen beschissenen Bären geschenkt hatte. Nicht die Ohrringe, die ich ihm gezeigt hatte, oder das Buch, um das ich schon seit einer Ewigkeit herumschlich und es mir nicht kaufen wollte, weil es für mich selbst zu viel Geld war.

Nein, nichts davon hatte er mir geschenkt, sondern diesen beschissenen Bären! Keine Ahnung warum, immerhin ging mir die Werbung schon seit Wochen auf die Nerven, und er selbst hatte immer wieder gesagt, dass er das Teil albern und überflüssig fand. Der nervige Werbesong, der sich in mein Gehirn eingebrannt hatte und zu einem der schlimmsten Ohrwürmer aller Zeiten geworden war, hatte noch dazu beigetragen, das Teil mehr zu hassen. Als ob Seitenbacher und Check24 sich dazu entschieden hätten, Spielzeug zu machen, nur dass dieses Spielzeug dazu in der Lage war, die Menschheit zu vernichten.

Resigniert schüttelte ich den Kopf, fühlte, wie immer weiter Tränen über meine Wange liefen. Mit Ohrringen wäre das nicht passiert.

Kleine, gepolsterte Schritte, als würde jemand mit viel zu dicken Socken auf unserem Parkettboden herumlaufen, waren zu hören und sie kamen näher.

Sofort riss ich die Augen auf, sah mich hektisch um, presste mich mit dem Rücken noch fester gegen die Wohnzimmerwand, als könnte ich damit verschmelzen und mich so retten. Natürlich ging das nicht, aber mein Gehirn schwankte zwischen

Rationalität und der Überzeugung, dass das alles nur ein Traum war. Dass ich gerade, völlig dicht von Eierpunsch und Rotwein, auf dem Sofa lag und ein Film, der in der echten Welt lief, mir diesen Horror in den Kopf flüsterte. Die Tatsache, dass der Schnitt in meiner Hand brannte und pochte, machte mir jedoch schmerzlich deutlich, dass das hier kein Traum war.

Wieder hörte ich Schritte und mein Körper verkrampfte sich.

Ich konnte nicht sagen, woher sie kamen. Hatte ich eine Tür gehört? Waren sie vor mir oder rechts? Kamen sie aus der Küche? Ich konnte es nicht sagen, ich konnte überhaupt nichts sagen – nicht einmal denken war mehr möglich. Die Angst gewann wieder die Oberhand, ließ mein Herz so laut schlagen, dass es noch schwieriger wurde, etwas zu hören. Das Blut, das durch meine Ohren rauschte, klang wie ein Wasserfall, der drohte, mich in den Tod zu reißen.

Alles, was noch irgendwie in meinem Gehirn vor sich ging, waren zwei Gedanken.

1. Das ist alles deine Schuld, Marcel! Und

2. Ich musste hier raus, wenn ich überleben wollte.

Wenn ich aber hier raus wollte, dann musste ich mich bewegen, und dazu war wiederum mein Körper nicht in der Lage. Ich zitterte am ganzen Körper, die Panik hatte mich voll und ganz im Griff, mein Überlebensinstinkt war zusammen mit Marcel gestorben.

Genau gesagt, als ich ihm das Messer in die Brust gerammt hatte.

Es knarzte.
Mein Kopf schnellte nach oben. Ich kannte das

Geräusch zu gut. Es war das Knarzen der einen Holzdiele im Flur, die genau vor unserem Schlafzimmer, über die ich jeden drüber stieg, um Marcel nicht zu wecken. Ich drehte leicht dem Kopf, um nicht durch Zufall doch noch seinen Körper sehen zu müssen, und lauschte auf weitere Schritte. Unsere Wohnung war nicht groß. Ein Bad, ein Schlafzimmer, ein Büro, eine kleine Küche und das Wohnzimmer mit Essecke. Das hatte uns immer gereicht und ich hatte nie das Gefühl gehabt, mehr Platz zu benötigen, doch jetzt kam es mir vor, als würde ich in einer winzigen Box leben, die mich auf den Präsentierteller gelegt hatte.

Ich versuchte meinen Atem, so gut ich konnte, zu beruhigen, presste meine blutige Hand an Mund und meine Nase, roch das Eisen im Blut, das sich jetzt auf meinem Mund verteilte. Galle stieg in mir hoch und versuchte alles, um mich nicht zu übergeben. Je weniger Lärm ich machte, desto eher konnte ich hören, wo dieser Bär war. Die Illusion, dass er mich dadurch nicht finden würde, hatte ich nicht. Er würde mich finden. Die einzige Frage war, wie gut ich vorbereitet war, um eine Chance zu haben.

Viel zu laut sprang der Fernseher an, brüllte mir entgegen und ließ mich aufschreien. Das Licht des Bildschirms erhellte das Wohnzimmer zusätzlich, tauchte alles in buntes, hektisches Licht und verdrängte die ehemals romantische Atmosphäre des Weihnachtsabends oder eher den Rest, der davon noch übrig geblieben war.

Als wäre es ein bösartiger Witz, der mich nicht amüsieren, sondern endgültig brechen sollte, begann der Werbespot für eben jenes vermeintliche Kuscheltier, dass für all das hier verantwortlich war.

Liebe-Mich-Teddy, dein Alltagsheld!

Dein neuer, kuscheliger Begleiter im Alltag!
Du kannst ihn direkt mit deiner Alexa oder Siri verbinden und er wird dir das Leben erleichtern! Liebe-Mich-Teddy!

Erzähle ihm deine Sorgen, deine Termine und sogar deinen Einkaufszettel, und dein kuscheliger Alltagsheld wird dir dabei helfen, nie wieder etwas zu vergessen! Und das Beste? Er kann sogar laufen und von dir lernen! Durch die neuste KI und die modernste Technik, ist es, als würdest du ein Haustier an deiner Seite haben, nur eben praktischer! Liebe-Mich-Teddy, der Alltagsheld!

Jetzt zu Weihnachten für Groß und Klein!

Der Alltagshelden-Teddy!

Er liebt dich!

Glückliche Musik, Kinderlachen und immer wieder der Name Alltagsheldteddy, brannten sich in mein Gehirn. Die Worte schienen mich auszulachen, und beinahe hätte ich damit gerechnet, dass Marcel sich wieder aufsetzte, mich anlachte und rief, dass alles nur ein dummer Streich gewesen war.

Seine zerfetze Kehle würde nur aus einer seltsamen Silikonmaske bestehen, und das Blut, das sich wie ein dunkelroter See über den Fußboden verteilt hatte und langsam in die hübsche Decke sicherte, die um den Tannenbaumständer gelegt war, wäre ebenso nur ein Scherz. Ein dummer, komplett übertriebener, therapiebedürftiger Scherz.
Als der Spot endete, wollte ich schreien und mich übergeben, doch wieder blieb mir alles, was aus mir heraus wollte, im Hals stecken, machte das Atmen noch schwerer, als es eh schon war.

Das Geräusch von weichen Pfoten, die applaudierten, erklang deutlich über den nächsten Werbespott.

Er war da.

Dein bester Freund

Eine Stimme erklärte die Vorteile von der neuesten Weihnachtskaffeeröstung und begann mit Michael Bublé um die Wette zu brüllen. Das dumpfe Geräusch der Pfoten war verstummt. Noch immer saß ich auf dem Boden der Wohnung, in der ich mich einmal wohlgefühlt hatte. Draußen waren noch immer Kinderstimmen zu hören, die lachten und kreischten, aber es wurden weniger. Vermutlich war gleich Zeit für die Bescherung oder das Essen. Inständig hoffte ich, dass niemand von ihnen einen Alltagsheldenteddy bekam, doch ich wusste, dass das unwahrscheinlich war.

Vermutlich lag unter beinahe jedem Baum so ein Monster, das nur darauf wartete, dass es angreifen konnte. Nachdenklich zog ich die Stirn in Falten. Warum hatte noch niemand die Polizei gerufen oder um Hilfe gerufen? Hatten nur wir den flauschigen Teufel persönlich erhalten? Wenn ja, was hatten wir getan, um so ein Pech verdient zu haben?

Ich atmete tief durch, richtete den Kopf wieder nach vorne, sah den Rand der Blutlache im Augenwinkel.

So konnte es nicht weiter gehen. Ich konnte nicht hier sitzen bleiben und darauf warten, dass auch mir die Kehle von diesem Ding aufgerissen wurde. Ich musste etwas tun.

Irgendwie schaffte ich es aufzustehen, wobei meine Hände durch das viele Blut immer wieder wegrutschten. Die Bilder davon, wie ich Marcel mit dem Stich in die Brust erlöste, das blubbernde Geräusch des Blutes, das aus seinem offenen Hals quoll und mir entgegen spritzte, schob ich zur Seite.

Das waren Themen für später, sollte es ein *Später* geben.

Meine zitternden, steifen Beine fanden halt. Überall an der Wand waren blutige Handabdrücke, doch das war es wert. Jetzt konnte ich ihn sehen.

Da saß er.

Auf dem Sofa, wo wir vorhin noch gemeinsam einen Weihnachtsfilm gesehen haben, während das Essen in der Küche im Ofen gewesen war. Als noch alles gut war. Die Erinnerung trieb mir neue Tränen in die Augen, und sie drohten mir die Sicht auf das eigentliche Problem zu nehmen.

Sachte wiegte sich der Bär hin und her, war offenbar von der Werbung über Spielzeug so abgelenkt, dass er gar nicht bemerkte, dass ich aufgestanden war.

Ein kleiner Hoffnungsschimmer machte sich in mir breit. Wenn er so weiter machte und sich auf die Puppenwerbung fokussierte, dann hatte ich vielleicht doch eine Chance, irgendwie hier rauszukommen. Nur durch das Wohnzimmer, den Flur, wo ich die knarzende Diele überspringen musste, dann war ich an der Tür und konnte fliehen. An sich war das alles ganz einfach. Nur die Tatsache, dass ich absolut nicht sportlich war und ich vor einem Plüschbären aus der Hölle fliehen musste, sowie der Fakt, dass meine Beine zitterten, konnten zu einem Problem werden.

Vorsichtig und so langsam wie möglich setzte ich mich in Bewegung, nur um mit dem ersten Schritt direkt in die lauwarme Blutlache zu treten. Zähes, dickflüssiges Blut presste sich durch meine Strumpfhose und zwischen meine Zehen. Mein Körper wollte losrennen und ich wollte erneut schreien, brüllen, zusammenbrechen, und schon wieder schaffte ich es, es nicht zu tun. Gänsehaut machte sich auf meinem Körper breit, ließ micherschaudern.

Als ich den Fuß wieder aus dem Blut meines toten Mannes zog, fühlte ich, wie es Fäden zog, langsam zwischen meinen Zehen hin ausfloss, spürte die Klumpen aus geronnenem Blut, die an meiner Haut entlang glitten. Trotz allem, was ich fühlte, war mein Blick auf den Bären und auf den Flur gerichtet. Das erste Ziel war die Wohnzimmertür. Raus aus seinem Blickfeld.

Es war kein weiter Weg. Vielleicht zehn, elf Schritte bis zur Tür und damit aus dem Blickfeld des Monsters auf meinem Sofa.

Der Werbeblock schien sich dem Ende zu zuwenden. Es kam Werbung für das Programm die nächsten Tage. Weihnachtsfilme am laufenden Band. Auf einige hatte ich mich schon gefreut, doch jetzt waren sie mir egal.

Ich hob meinen blutverschmierten Fuß noch einmal, fühlte, wie das trocknende Blut am Parkettboden festklebte, versuchte mich hier zu halten, bei Marcel. Sobald ich einen weiteren Schritt machte, hätte ich ihn hinter mir zurückgelassen. Der Mann, den ich seit meiner Jugend geliebt hatte, würde dann einsam und alleine in seinem eigenen Blut liegen, und das, an Heiligabend.

Die Schneeflocken vor dem Fenster wurden immer dicker und auf dem Fensterbrett hatte sich außen schon eine deutliche Schneeschicht gebildet. Wenn es so weiter schneite, dann würde morgen die ganze Stadt unter einer unschuldigen, weißen Decke liegen, die den Stress und den Lärm schlucken würde. Das perfekte Weihnachtswetter.

Ich umklammerte das rutschige Messer fest mit meinen Händen, als hätte ich damit auch nur den Hauch einer Chance. Es würde mich nicht schützen, höchstens Zeit verschaffen.

Der nächste Schritt war getan und die Leiche meines Mannes starrte mir aus weit aufgerissenen, toten Augen hinterher.

Eine weitere Sendungsvorschau startete und der Alltagsheld sah gebannt auf den Bildschirm.

Morgen begann die Sissi-Trilogie. Die von 1955 und Romy Schneider rief gerade ihren Franz als Einstimmung darauf. Ich hatte die Filme nie gemocht. Zu viel Pathos, zu schnulzig für meinen Geschmack, und doch war der Gedanke, dass ich sie morgen einfach mit Marcel gucken würde, das Beste, was ich mir gerade vorstellen konnte. Ich würde jede Sekunde genießen. Schritt für Schritt schlich ich weiter, erreichte das Sofa schneller und leiser, als ich gedacht hatte, und zwang mich weiterzuatmen.

Schon stand ich direkt hinter dem Sofa, nur noch gute vier Schritte und ich war im Flur. Kein Problem, das war machbar. Ich würde alle warnen können, sie retten und damit auch mich selbst.
Die Musik und der Fernseher verstummten und alles lag still da, als hätte der fallende Schnee diese Wohnung bereits eingenommen. Nicht einmal die Kinderstimmen schienen noch hereinzukommen, und noch nie in meinem Leben war Stille so laut, wie in diesem Moment.

Einzig die zuckersüße Stimme des Bären waren zu hören, als er seinen Kopf zu mir drehte und er mit blutverschmierten Plastikzähnen und Fell anfing, mit mir zu sprechen.

»Morgen ist das Essen bei Marcels Eltern. Soll ich ihrem Alltagsheldenbären die Information zukommen lassen, dass ihr es nicht schafft und den Termin absagen?«

Das Messer fiel mir klirrend aus der Hand, verfehlte dabei nur knapp meinen Fuß, rutschte unter das Sofa und war unerreichbar geworden. Langsam, mit einem verkrampften Lächeln, drehte ich meinen Kopf zu dem Bären, der mich aus Knopfaugen ansah.

»Wie bitte?« Meine Stimme war belegt, kaum hörbar, aber das Ding verstand mich dennoch.

»Ich würde Marcels Eltern gerne eine Nachricht schicken, dass das Essen morgen ausfällt, da ihr Sohn«, der Bär drehte seinen Kopf zu der Leiche meines Mannes, schien enttäuscht den Kopf zu schütteln und sah dann wieder zu mir, »unpässlich ist. Der Alltagsheld seiner Eltern könnte Ihnen direkt Bescheid geben. Er ist bereits aktiviert.«

»Der Alltagsheld seiner Eltern?«

»Mein Bruder, ja.«

Ich starrte in das Gesicht des Teddys, dessen Kunstfell rund um seinen Mund blutverkrustet war. Mit jedem Wort, dass er sagte, wurden die scharfen Zähne sichtbar, die wie ein Sägeblatt darin lagen. Die Bedeutung der Worte, die er mir gerade gesagt hatte, kam nur sehr langsam in meinem Kopf an.

»Er hat ihnen auch so ein Ding geschenkt?!« Die Worte platzten schneller aus mir heraus, als das ich über die Konsequenzen nachgedacht hatte. Erschrocken schlug ich mir die Hände vor den Mund, wartete darauf, dass der Bär mir ebenfalls an die Kehle ging. Stattdessen legte er seinen Kopf schief und schien ein wenig getroffen.

»Ding ist kein nettes Wort für einen Freund, das tat mir jetzt weh.«

»Entschuldige. Das wollte ich nicht, wirklich. Ich...«, atemlos rang ich nach den richtigen Worten, »Ich bin ein wenig überfordert, mehr nicht.«

»Das ist verständlich. Heute ist ja auch ein besonderer Tag. Soll ich seinen Eltern eine Nachricht zukommen lassen? Es wäre nicht höflich, wenn man Heike und Hubert warten lassen würde.« Diese freundliche, höfliche Stimme passte in keinster Weise zu dem, was ich vorhin gesehen hatte. Das Monster, das meinen Mann innerhalb von Sekunden zerrissen hatte.

»Das könntest du?« Ich hatte keine Ahnung, warum ich mich mit dem Bären unterhielt, aber es war vermutlich sinnvoller, als zu rennen. So blieb mir noch Zeit, um mir etwas einfallen zu lassen. Ich hätte nicht damit gerechnet, dass ein Stofftier beleidigt gucken konnte, doch dieses konnte es.

»Natürlich, was denkst du denn? Hast du etwa nie die Werbung von mir gesehen? Ich kann alles.«

Ich kannte die Werbung, natürlich, aber nirgends hatte es Warnungen vor Mord gegeben und auch keiner der Bären in den Spots hatte so flüssig gesprochen, wie der, der vor mir saß.

»Ich kenne die Werbung, danke.«

»Dann verstehe ich nicht, warum du an mir zweifelst. Freunde zweifeln nicht aneinander.«

Am liebsten hätte ich laut aufgelacht. Alles an dieser Situation war surreal.

»Wir sind also Freund?«

»Sind wir nicht?« Der Gedanke schien dem Bären nicht einmal in den künstlichen Sinn gekommen zu sein.

»Wieso sollten wir? Wir kennen uns nicht einmal und außerdem hast du meinen Mann ermordet. Das ist nichts, was Freunde üblicherweise tun, oder?«

Der Alltagsheld sah erneut zu Marcels Leiche, dann zu mir, wieder zu meinem Mann und dann in die

Luft, als müsste er meine Aussage überprüfen. Fast sah es so aus, als würde seine kleine Stirn in Falten liegen. Als er mich wieder ansah, war der Blick wieder freundlich.

»Das hängt wohl von der Freundschaft ab. Ich bin ein besonders guter Freund.«

Sprachlos sah ich das Kuscheltier vor mir an, unfähig auch nur irgendetwas zusagen, was dem Ding nicht sonderlich die Weihnachtsstimmung verdarb.

»Du hast meine Frage noch nicht beantwortet. Soll ich das Essen absagen? Ich kann auch gerne ein Foto mitschicken, um die Gründe genauer zu erläutern.«

»NEIN!« Die Vorstellung, dass meine Schwiegereltern in ihrem Haus saßen und das Foto von ihrem toten Sohn zu Weihnachten bekamen, riss mich aus meiner Starre. Den Bären schien dies nicht weiter zu stören.

»Okay. Wenn du deine Meinung änderst, dann sag Bescheid. Ich bin jederzeit da, um dir zu Helfen. Ich bin ein guter Freund.«

Ich sah den Bären an, dann zu der Tür in den Flur. Dort war sie. Vielleicht sechs lange Schritte entfernt und ich wäre in der Freiheit und vor allem in Sicherheit. Ich könnte die Polizei rufen und diesen Albtraum zumindest für einen Teil beenden, auch wenn ich dadurch noch immer Witwe wäre.

Es war das erste Mal, dass mir dieses Wort in den Kopf schoss und es traf mich mitten ins Herz.

»Das würde ich lassen.« Die Stimme des Bären brachte mich dazu, den Blick von der Haustür zu nehmen.

»Was meinst du?«

Die elektronischen Augenlider blinzelten mich an.

»Du hast doch gerade überlegt, ob du aus der Tür rennen sollst, um Hilfe zu holen. Ich würde es an deiner Stelle lassen. Das bringt nichts.«

Jetzt war ich es, die blinzelte.

»Ach nein?«

»Natürlich nicht.« Der Bär ließ die Beine baumeln und wiegte sich hin und her, als würde er ein tolles Lied hören. Erst da bemerkte ich, dass nicht nur der Fernseher, sondern auch die Musik verstummt war. Michael Bublé verbreitete keine Weihnachtsstimmung mehr.

»Wie kommst du darauf, dass das nichts bringen würde?« Meine Stimme war zickiger, als es angebracht war. Dieser Teddy machte mich wahnsinnig, auch ohne den Mord an meinem Mann. Diese Ruhe und fast schon arrogante Überlegenheit, die das Plüschtier ausstrahlte, während es mir das Gefühl gab, ein kleines, unfähiges Kind zu sein, dass man beschützen müsste, machte mich schier rasend.

»Das kannst du dir nicht selber denken?«

»Erleuchte mich«, knurrte ich zurück und der Alltagsheldteddy schien die Drohung in meiner Stimme einfach zu ignorieren. Stattdessen kletterte er komplett auf das Sofa und stellte sich darauf und sah mich mit großen Augen an.

»Du hast die letzten Wochen gesehen, wie ich beworben wurde. Was glaubst du, was passiert, wenn du jeden erzählst, dass der neue beste Freund deinen Mann ermordet hat?«

Die nervigste Werbung, seit es Müsli gab

6 *Wochen früher*

Regen prasselte gegen das Wohnzimmerfenster, während der Wind die Blätter auf der Straße vor sich hertrieb. Es war nicht einmal wirklich kalt, nur ekelhaft nass, und das schon seit Tagen. Der typische November, wo man bei knapp fünfzehn Grad und Nieselregen krampfhaft versuchte in Weihnachtsstimmung zu kommen, während man Glühwein trank und den Schirm hielt.

Nervös sah ich auf die Uhr.

Marcel hätte schon vor gut zwei Stunden zu Hause sein sollen, stattdessen hatte er mir nur geschrieben, dass es später werden würde. Seitdem Funkstille.

Gerade, als ich dabei war, die Kartoffel zu schälen, ging die Tür auf und er kam laut fluchend und klitschnass hinein. Ich hörte, wie er seine Schuhe in die Ecke poltern ließ, gefolgt von seiner Tasche. Schritte näherten sich mir und eine Diele quietschte, als er an unserem Schlafzimmer vorbeiging.

»Was für ein Dreckswetter«, murmelte er, als er seinen Kopf durch die Küchentür schob. Ein breites Lächeln lag auf seinem Gesicht.

»Hey du, da bin ich.«

Ich wollte nicht genervt sein oder zickig klingen, aber dass er ohne richtige Erklärung einfach später kam und dann so tat, als wäre nichts gewesen, nagte an mir.

»Sehe ich.« Mehr brachte ich nicht heraus und konzentrierte mich auf die letzten zwei Kartoffeln, die noch bearbeitet werden mussten. Marcel schien nicht zu merken, dass ich genervt war, kam einfach zu mir, umarmte mich und küsste meinen Hals.

Wenn ich nicht selbst einen nervigen Tag gehabt hätte und er wenigstens mit mir gesprochen hätte, dann hätte ich liebend gerne die Kartoffel fallen gelassen und mich um andere Angelegenheiten gekümmert, doch so?

Umständlich verkrampfte ich meine Schultern, um ihn von mir abzustreifen, während die Kartoffelschale in den Kompostbeutel fiel.

Irritiert ließ er mich los.

»Alles gut?«

»Rate.«

Langsam ging er zum Kühlschrank, um sich ein Stück Käse zu mopsen, zuckte dabei mit den Schultern.

»Du wirkst, als hättest du schlechte Laune?« Die Tatsache, dass er das als Frage formulierte, machte mich rasend, aber ich versuchte ruhig zu bleiben. Ein Streit war unnötig.

»Gut erkannt.«

»Und warum?«

Scheiß auf ruhig bleiben.

Ich legte das Kartoffelmesser lauter zurück auf die Arbeitsplatte, als wirklich nötig gewesen wäre, und drehte mich genervt zu ihm um.

»Vielleicht, weil du ohne wirkliche Erklärung zwei Stunden später kommst, als sonst, du dich nicht erklärst? Ich stehe hier, bin am Kochen und hatte selber keinen guten Tag, aber du kommst nicht einmal auf die Idee zu helfen oder zu fragen, wie es mir geht. Nur ein dämliches Hey du. Ganz toll, wirklich.«

Während ich meinen Frust an ihm ausgelassen hatte, an dem er nicht einmal wirklich Schuld war, sondern die ätzende Birgit aus der Firma mit ihren ach so perfekten kleinen Perlenohrringen und ihrer perfekten Vorzeigefamilie, merkte ich schon, dass ich unfair war und auch Marcel merkte, dass mehr dahinter steckte.

»Birgit?«

»Ja, verdammt. Birgit und ich haben Hunger und ich bin müde. Tut mir leid.«

Ich fühlte seine Hand an meinem Rücken und kämpfte dagegen an, sie ebenfalls abzuschütteln, ließ mich stattdessen in eine Umarmung ziehen.

»Was hat die Kopierhexe jetzt wieder angestellt, hm?«

Müde schlang ich meine Arme um ihn und merkte, wie mir eine Träne über die Wange rollte. Heute war einfach zu viel gewesen.

»Einfach alles. Sie hat geatmet«, murmelte ich in seine Brust und fühlte das kleine Springen, als er stumm kicherte.

»Nein, im Ernst. Was war los?«

Seufzend ließ ich ihn los, sah ihn an.

»Eigentlich nichts, nur wieder Kleinkram, aber so viel auf einmal. Jemand hatte keinen Kaffee gekocht, also hat sie drei Stunden lautstark über Gemeinschaftssinn und Verantwortung schwadroniert. Dann war der Wasserkocher für ihren Geschmack zu kalkig, selbe Leier, neues Thema als Auslöser und dann war der Toner vom Kopierer leer und der Techniker kam nicht mehr zwei Stunden vor Feierabend.«

Marcel hatte die Augenbrauen hochgezogen und pfiff anerkennend.

»Wow, hat sie ja wieder alles gegeben.«

»Hör bloß auf...«

»Da war es nicht hilfreich, dass ich heute später kam, das tut mir leid.«

Ich winkte ab, er konnte ja nichts dafür, dass Birgit so ätzend war.

»Wo warst du denn?«

»Hm? Ach so. Nur länger arbeiten. Die hatten ein Problem mit einem Auftrag und kamen nicht weiter. War hektisch, deshalb hatte ich nicht wirklich schreiben können.«

»Ach so.« Gut, das ergab Sinn. Nicht, dass ich gedacht hatte, dass er mich betrog, aber verwundert war ich schon gewesen. Ich fuhr mir mit den Händen durch die Haare und seufzte, was Marcel dazu brachte, mir seine Hände auf die Schultern zu legen und mich durchdringend anzusehen.

»Ich habe eine Idee.«

Verwirrt und abwartend sah ich ihn an und blinzelte.

»Die wäre?«

»Wir bestellen Pizza, haben wilden Sex auf dem Sofa und ich räume dafür die Küche auf. Danach mache ich dir ein Schaumbad?«

»Danach noch mal Sex?«

»Klingt gut, aber ich fange mit dem Schaumbad an. Sag Bescheid, wenn die Pizza da ist.« Schnell drückte ich ihm einen Kuss auf die Lippen und lief Richtung Bad.

Mein Finger wischte über den Bildschirm meines Handys und die Bilder auf Instagram scrollten fröhlich über den Bildschirm. Meine Cousine hatte also mal wieder eine Rucksacktour gemacht und posierte vor einem Wasserfall, während sie wie ein Poesiealbum klang, wie erfüllend doch das Reisen wäre, statt immer im Büro zu hocken. Klar, wenn ich dafür einen Typen habe, der fast dreimal so alt war wie ich und mir alles finanzierte, dann war das schön, aber auch gefährlich. Sollte sie machen. Alte Schulfreundinnen, die ihre Verlobungsringe zeigten oder Fotos von ihren Babys. Meine Tante hatte einen Blumenstrauß bekommen und die Tante von Marcel backte schon die ersten Weihnachtskekse.

Seufzend schüttelte ich den Kopf und scrollte weiter, blieb an einem Bild von einem Teddybären hängen, der auf einem Küchentresen saß, während eine Frau das Weihnachtsessen kochte und ihn glücklich anlächelte.

In großen Buchstaben stand dort »Teddy Alltagsheld. Der Ich-hab-dich-lieb Bär!«

Kurz zog ich die Augenbrauen hoch. Was war das denn?

Der Text unter dem Bild war auch nicht sehr aussagekräftig, nur dass es dein neuer bester Freund wäre und dir das Leben leichter machen würde.

Ein Bär? Sicher doch.

Ich kam nicht dazu, mir weiter darüber Gedanken zu machen, denn draußen hörte ich die Türklingel, die mir anzeigte, dass die Pizza da war. Dies bestätigte mir auch mein Mann, der mit zwei Kartons in der Hand im Badezimmer auftauchte.

»Das Essen ist fertig.«

»Bin gleich da, danke.«

Er grinste, wollte die Tür schon wieder schließen, kam dann aber noch ein Stück weiter rein.

»Du kannst auch gleich nackt bleiben, wenn du willst. Die Heizung ist an, die Vorhänge zu. Nur so als Info.«

Lachend warf ich ihm einen nassen Waschlappen an den Kopf und schickte ihn aus dem Bad. Die Idee war allerdings gar nicht schlecht.

Wir lagen nackt auf dem Sofa, die Pizzakartons vor uns auf dem Tisch, während im Fernseher irgendein Film lief.

»Geht es dir besser?« Marcel kraulte mir den Nacken und jetzt seufzte ich zufrieden, nicht mehr genervt.

»Viel besser.«

»Das ist gut.«

Satt lehnte ich mich gegen ihn, als der Film zur Werbung umsprang und ein penetrant lautes und übertrieben fröhliches Lied angestimmt wurde. Eine seltsame Mischung aus Zirkusmusik und der Warteschleifenmelodie einer Behörde.

Vor Überraschung stoppte das Kraulen und wir sahen beide auf den Fernseher, wo genau in diesem Moment ein Teddybär durchs Bild sprang, während eine Stimme flötend von deinem neuen besten Freund berichtete.

»Oh Gott, das ist dieser seltsame Bär!«, platzte es aus mir heraus, als ich die Szene mit der Küche erkannte, die ich eben noch als Bild gesehen hatte. Schon fing die Stimme an, von Teddy Alltagsheld zu singen und davon, dass er auch schon bald dein Leben verbessern würde.

Der Spot endete und Werbung für Kaffee begann.

Marcel und ich saßen auf dem Sofa und blinzelten.

»Du kanntest das?«

Ich schüttelte den Kopf.

»Nicht wirklich. Hab eben auf Instagram Werbung dafür gesehen.«

»Und was soll das sein?«

»Ein Bär.« Wirklich hilfreich war diese Information nicht, und Marcel knuffte mich an.

»Danke Sherlock. Da wäre ich nie darauf gekommen.«

»Immer zu Diensten.«

Wir sahen die Werbung für Teddy Alltagsheld an diesem Abend noch fünfmal und selbst, als Marcel anfing danach zu googeln, fanden wir nur eine Seite, auf der stand, dass dein neuer bester Freund bald kommen würde. Ich hatte keine Ahnung, warum, aber abgesehen von der nervigen Musik machten mich der Bär und die ganze Werbung einfach nervös.

Von da an sahen wir den Bären, Teddy Alltagsheld, der Ich-hab-dich-lieb-Bär, überall.

Werbung im Fernsehen, im Radio, auf Youtube,

auf Instagram. Auf dem Weg zur Arbeit kam ich an sieben Werbetafeln vorbei und auf jeder wurde mir mit verspielter Schrift erklärt, dass mein neuer bester Freund bald da sein würde. Ich konnte nicht sagen, ob es an der Werbung selbst oder an der Tatsache lag, dass ich diese Plakate immer nur schlecht beleuchtet auf dem Weg zur und von der Arbeit sah, aber langsam fühlten sich diese Worte an wie eine Drohung, nicht wie eine Ankündigung.

Marcel erzählte ich davon erst einmal nichts.

Erst, als zwei Wochen später ein neuer Werbespot ausgestrahlt wurde.

Die inzwischen bekannte Melodie, von der die halbe Weltbevölkerung einen Ohrwurm hatte, begann, doch die fröhlich flötende Stimme begann mit neuen Worten.

»Haben Sie sich schon immer einen Freund gewünscht, der Ihnen bei allem helfen kann?«

Marcel, der bis eben noch an seinem Handy gewesen war, hob den Kopf und sah erwartungsvoll zum Bildschirm und ich saß mit gerunzelter Stirn da.

»Wollten Sie schon immer etwas zum Kuscheln, das Ihnen auch Rezepte verraten kann? Oder eine Überwachungskamera, die Ihnen hinterherläuft?«

»Eigentlich nicht, wenn ich ehrlich bin«, murmelte ich und Marcel nickte neben mir.

»Dann haben wir JETZT das perfekte Geschenk für Sie. Der Ich-hab-dich-lieb-Bär, Teddy Alltagsheld! Schon bald dein neuer bester Freund!«

Ein fetter digitaler Sticker klatschte über das Bild, das ihn als das ideale Weihnachtsgeschenk bezeichnete, und schon begann der nächste Spot.

»Was war das denn?«, fragte ich über Werbung für Kinderspielzeug und sah zu meinem Mann herüber, der schon wieder zu seinem Handy griff.

»Keine Ahnung, aber wenigstens wissen wir jetzt, was es ist. Eine Siri in Kunstfell.«

Er schien wenig beeindruckt zu sein, geschweige denn sich dafür zu interessieren. Etwas, was mich insgeheim beruhigte, da mich die unangenehmen Plakate noch immer verfolgten. So einen Bären wollte ich nicht im Haus haben. Eine Einstellung, mit der ich ganz offenbar bald alleine dastand.

»Ich habe einen vorbestellt. Also eigentlich ja drei Stück.« Die Stimme von Birgit hatte das gesamte Büro ausgefüllt, als sie stolz davon berichtete, dass sie bald auch so einen Bären, oder eher drei, zu Hause hätte. Die anderen Kollegen und Kolleginnen hatten neidisch geguckt, ich hingegen nur den Kopf geschüttelt. Es war mir ein Rätsel, wie man diese Dinger feiern konnte. Birgit war das nicht verborgen geblieben und sie war sofort, regelrecht flanierend, zu mir herübergekommen. Der Tee in ihrer Weihnachtstasse hatte penetrant nach Zimt und Orangen gestunken.

»Ist alles gut mit dir? Du siehst so griesgrämig aus.«

»Alles gut, wirklich.«

Birgit hatte sich gegen meinen Schreibtisch gelehnt, zuckersüß lächelnd.

»Und? Auch schon einen Alltagshelden bestellt?«

Ich musste dem Drang widerstehen, ihr den heißen Tee über ihren Kopf zu schütten. Konzentriert tippte ich den Absatz der Mail fertig, bevor ich sie ansah.

»Nein, das habe ich auch nicht vor. Irgendwie ist das nicht so mein Fall.«

»Oh?« Sie klang so künstlich überrascht, wie ihre Fingernägel, die mehr an Krallen in Zuckerstangenmuster erinnerten. »Ist das so?«

»Mhm. Ist so.« Warum ging sie nicht einfach?

»Ich hätte gedacht, dass du schon einen bestellt hättest, genau wie alle anderen hier. Damit bist du wohl die einzige ohne neuen besten Freund.«

Die Plakate kamen mir wieder in den Sinn und ein

Schauer fuhr mir durch den Körper, den ich versuchte wegzulächeln. Ich fühlte, wie die Blicke der anderen Mitarbeiter auf mir ruhten, und ich spürte den Drang, mich zu rechtfertigen, warum ich mir noch kein sprechendes Plüschtier vorbestellt hatte. Beinahe beiläufig zuckte ich mit den Schultern.

»Ist einfach nicht so mein Fall, wenn ich ehrlich bin.«

Birgit nickte langsam, als müsste sie über meine Worte nachdenken, nur um sich noch einmal zu mir herunterzubeugen, bevor sie wieder ging. Ihr Atem roch wie ihr Tee, nur ein wenig gammliger, als würde unter dem weihnachtlichen Aroma jahrelanger Kaffeeatem nur darauf warten, wieder die Oberhand zu gewinnen.

»Wenn du ihn dir nicht leisten kannst, dann sag was. Ich habe noch einen Rabattgutschein, durch meine großzügige Bestellung. Das handhaben wir ganz unter uns Freundinnen, hm?«

Essen mit Bär

Wir saßen am Tisch. Der Weihnachtsbraten stand noch immer da, wo ich ihn platziert hatte. Auf der Soße hatte sich eine Haut gebildet, die Leiche meines Mannes lag hinter mir, vor mir saß der Teddybär auf dem Tisch.

»Du solltest etwas essen. Das wird dir guttun.« Der Bär blinzelte mich an, doch ich schüttelte den Kopf, lächelte krampfhaft und befand mich irgendwo zwischen hysterischem Heulen und dumpfen Überlebenswillen. Meine Gefühle und Gedanken schwankten sekündlich, und ich fragte mich, wie ich mich verhalten sollte.

Ich hatte keine Ahnung, denn dafür gab es keine Anleitung, kein Youtube-Tutorial. Nirgends in der Werbung hatten sie einem erzählt, was man machen sollte, wenn das angeblich so perfekte Geschenk die Kehle deines Mannes aufriss und danach dein bester Freund sein sollte.

Da hatte die Marketingabteilung wirklich geschlampt.

»Komm, nur einen Bissen. Du hast dir so viel Mühe mit dem Braten gegeben.«

Das hatte ich wirklich. Sehr sogar. Ich hatte das Fleisch, zwei Stunden Autofahrt entfernt von zu Hause, bei einem kleinen Bauernhof bestellt, das Schwein dort noch laufen gesehen. Es sollte das perfekte Weihnachten sein.

»Ich habe keinen Hunger, danke.« Mein Mund war trocken, die Zunge klebte mir am Gaumen fest. Am liebsten hätte ich direkt die Weinflasche in einem Stück ausgetrunken, aber da ich keine Ahnung hatte, wie dieser Abend sich noch entwickeln würde, war Alkohol eindeutig keine gute Idee. Der Bär schüttelte enttäuscht den Kopf und stand auf.

Als er nach dem Messer griff, zuckte ich ein Stück

zurück, er reagierte aber nicht darauf.

»Du musst etwas essen. Nur eine kleine Portion. Ich möchte doch, dass es dir gut geht und du gesund bist.«

Das Messer glitt durch den Braten, der auf die Seite fiel. Fleischsaft sickerte aus den Poren des Bratens und trieb mir die Galle nach Oben, als ich die rötliche Flüssigkeit sah, die sich über den Teller verteilte. Schnell griff ich nach einer Serviette und hielt sie mir vor den Mund, schloss die Augen.

Das war Schwein, nicht dein Mann. Alles war gut, alles war gut, alles.

Ich sprang so schnell ich konnte auf und rannte ins Bad, knallte die Tür zu und erbrach mich.

Alles, was sich in meinem Magen befunden hatte, drang an die Oberfläche. Mein Körper krampfte und presste mit Gewalt jeden noch so kleinen Tropfen oder Brocken Mageninhalt heraus, bis zu dem Punkt, wo ich damit rechnete, gleich meinen Magen selbst hervorzuwürgen. Meine Finger krallten sich an das Porzellan der Schüssel, einer meiner Nägel brach ab. Die Klobrille drückte sich schmerzhaft gegen meine Rippen, und je mehr ich würgte, mich dagegen presste, desto mehr fühlte es sich an, als würden meine Rippen brechen.

Mit zitternden Fingern drückte ich die Spülung und das Wasser rauschte mit dem Blut in meinen Ohren um die Wette. Ein Albtraum. Mehr war das nicht.

Mein Körper bebte und ich sackte auf den kalten Fliesen zu Boden.

Ich hatte zu viel getrunken, mir den Magen verdorben, einen Virus. Vielleicht war der Glühwein auf der Weihnachtsfeier der Firma nicht gut gewesen? Das klang für meinen Verstand logisch. So etwas konnte doch sicherlich ein wenig dauern, bis es wirkte, oder?

Vielleicht hatte man mich vergiftet. Die Pralinen, die Birgit allen zu Weihnachten geschenkt hatte. Die selbstgemachten, mit dem seltsamen Geschmack. Wenn ich wieder wach wurde, dann war alles vorbei.

Marcel würde mir einen Tee machen, wir würden morgen zu seinen Eltern fahren und alles war normal. Diese ätzende Birgit!

Das Büro lag im Dämmerlicht. Die Bildschirme waren aus. Irgendjemand hatte ihnen billige Weihnachtsmannmützen übergezogen und Schokoladennikoläuse davor gestellt. Sicherlich war das meine Chefin gewesen. Sie machte sich immer Gedanken, wie sie uns eine kleine Freude machen konnte, auch wenn es nicht viel war. Hier war es stiller, als in der Gemeinschaftsküche und auf dem Raucherbalkon, und ich konnte kurz durchatmen.

Die Musik, die lautstark aus einer der mitgebrachten Boxen wummerte, drang sogar durch die zwei Glastüren, die die Küche vom Büro trennte. Wenigstens bis heute hatte ich es geschafft, »Last Christmas« auszuweichen. Knapp eine Woche vor Weihnachten, das war gar nicht schlecht.

Seufzend ging ich zu meinem Schreibtisch, schwankte leicht. Dem Grinch sei Dank hatte ich nur einen Glühwein getrunken, aber der war schon stark genug gewesen. Ich bezweifelte, dass das so geplant gewesen war, und vermutete, dass irgendjemand ein wenig nachgeholfen hatte.

Jemand kreischte und ich zuckte zusammen. Das Kreischen ging in ein Lachen über und andere Leute johlten. Eindeutig kein zweiter Glühwein für mich. Ich wollte meine Würde behalten. Unfallfrei erreichte ich meinen Schreibtisch und ließ mich auf meinen Stuhl sinken, was kurzzeitig gegen den Schwindel half. Zumindest so lange, bis ich mich auf ihn herumdrehte, um aus dem Fenster zu sehen.

Ein Schrei entwich mir, als ich in das beleuchtete Gesicht eines Teddybären blickte, der mit seinen Knopfaugen direkt in mein Büro starrte.

Dein neuer Freund ist bald da!

Riesige Buchstaben, die auf der Plakatwand prangten.

Mein Herz raste.

Wann hatten sie das Ding aufgehängt?!

Fassungslos starrte ich auf das Werbeplakat, das immer näherzukommen schien. Blut tropfte aus seinen Augen, quoll langsam und zähflüssig aus dem Fell um die Schnauze, als würde man einen Schwamm ausdrücken, der voller Seife war. Immer mehr Blut sickerte durch das karamellbraune Kunstfell, tropfte über die Plakatwand und verwandelte sich in einen roten Regen, der den Gehweg und die Straße unter ihm in einen roten Bach verwandelte.

Ich wollte mich wegdrehen, stemmte meine Beine gegen den fleckigen Büroteppich, aber die Räder meines Stuhls blockierten. Wenn ich nur mehr Kraft hätte!

Meine Finger krallten sich um die Armlehnen, als würde ich mit meinen Fingernägeln den Stuhl dazu zwingen können, sich zu bewegen, doch es war vergebens. Als wäre der Fluss aus Blut nicht schon schlimm genug, sah ich aus panisch aufgerissenen Augen, wie sich auf dem Plakat, genau an der Stelle, wo die blutverschmierte Teddynase war, das Plakat aufriss. Die Papierfetzen wurden zu rasiermesserscharfen Zähnen, die immer näher an das Fenster kamen und es jeden Augenblick zersplittern lassen würden.

Ein letzter, verzweifelter Versuch, mich mit dem Stuhl nach hinten zu stemmen, während mir Tränen über das Gesicht liefen, das durch einen stummen Schrei zu einer Fratze verzerrt war.

Krachend gab der Absatz meines Pumps nach und ich stürzte nach vorne, mit dem Gesicht auf den Büroteppich.

Ich hörte, wie die Musik aus der Küche lauter wurde, als sich erst die erste Glastür, dann die zweite Glastür öffnete und jemand in das Büro kam. Leise, leicht schwankende Schritte näherten sich mir, und dann hörte ich die Stimme von Birgit.

»Wasn hier los?«

Hecktisch sah ich zu meiner gut angetrunkenen Kollegin, dann zu dem Fenster und dem Plakat, das nur noch einen niedlichen Bären zeigte.

Kein Blut, kein Riss in dem Plakat.

Nichts.

Birgit hielt sich an meinem Schreibtisch fest und sah mich an, wobei sie langsam blinzelte.

»Alls gut?«

Ich schluckte, dann nickte ich und hielt meinen Schuh hoch, dessen Absatz glatt abgebrochen war.

»Schuh kaputt. »Ich wollte mir nur meine Latschen aus dem Schreibtisch holen.«

Birgit nickte, genauso langsam, wie sie zeitversetzt mit ihren Augenlidern blinzelte.

»Achscho. Ich hab wasch für disch.«

Bevor ich auch nur protestieren konnte, war sie zu ihrem eigenen Schreibtisch gewackelt und hatte etwas aus einer Tasche genommen. Ich nutzte die Zeit, um meine Schlappen aus dem Rollcontainer zu nehmen und sie anzuziehen, sowie mich ein wenig zu richten. Birgit war wieder da und drückte mir einen Zellophanbeutel in die Hand, der mit einer roten Schleife versehen war, an dem ein Schild mit meinem Namen hing.

»Für disch. Weil wir dochso gude Freundinnen sind.«

Waren wir das?

Ich sah auf die Pralinen, die sich in der Tüte befanden.

»Danke, das ist lieb von dir. Ich hab leider gar nichts für dich.«

Birgit winkte ab, musste sich wieder an meinem Schreibtisch festhalten.

»Schon gut, isch weiß, dass du nicht so viel Geld hast.

Die sind selbst gemacht.«

»Danke, das ist... nett.« Ich sah meine Kollegin an.

Irgendwoher kam Musik. Es war nicht die, die aus der Küche kam, wo jemand offenbar jegliche Neuinterpretation von Last Christmas dabei hatte. Diese Musik war anders. Leiser, fast zart und wunderschön. Stirnrunzelnd sah ich mich um, suchte die Richtung, aus der die Musik kam, doch fand ich nichts. Stattdessen wurde mir kalt und mein Mund fühlte sich an, als hätte ich mich erbrochen. Was war das für Musik?

Leise drang die Musik in meinen Verstand. Die Fliesen unter meinem Körper waren noch immer kalt, und ich versuchte mich zu orientieren, was passiert war. Der Geschmack von Erbrochenem blieb, sowie das Bild von Birgit, die mir etwas in die Hand drückte.

Die Pralinen!

Das war es gewesen.

Sie hatte sie mir auf der Weihnachtsfeier gegeben, als mein Schuh abgebrochen war und wir alleine gewesen waren. Krampfhaft versuchte ich mich daran zu erinnern, ob noch jemand eine Tüte in der Hand gehabt hatte, doch die Bilder waren zu verschwommen, als dass ich es hätte sagen können. Ich kniff die Augen zusammen.

Dieses Miststück musste etwas hineingetan haben. Irgendwelche Tropfen oder sonst was, um mir eins auszuwischen. Freundinnen, von wegen.

Noch immer drang diese seltsame Musik durch die Tür. Seit wann hörte Marcel so etwas? Das war nicht die Weihnachtsmusik, die wir sonst hörten, und sie ging mir unfassbar auf die Nerven. »Mach das aus!«, rief ich stöhnend, und augenblicklich hörte die Musik auf. Erleichtert seufzte ich auf. Warum ging es ihm eigentlich nicht schlecht?

Wir hatten doch gestern Abend die Pralinen

zusammen gegessen? Warum war ihm nicht schlecht geworden und nur ich lag hier an Heiligabend auf dem Boden, nachdem ich mich übergeben hatte? Das war ziemlich unfair, und dann auch noch diese Musik, mit der er mich quälte.

Langsam atmete ich tief ein und aus. Die Stille tat gut, auch wenn mein Magen noch immer rebellierte.

»Kannst du mir einen Tee machen?« Ich hatte keine Ahnung, ob er meine müde Stimme hatten hören können, doch das mit der Musik hatte ja auch geklappt. Zu meiner Erleichterung kam fast augenblicklich die Antwort.

»Einen bestimmten Tee? Für meine beste Freundin mache ich doch alles.«

Ich riss die Augen auf. Das war nicht Marcel, das war jemand oder eher etwas anderes. Die Bilder kamen wie ein Blitzschlag zurück.

Das Blut, der Bär, die Zähne.

Marcel.

Wieder krampfte mein Körper, wollte sich erbrechen, doch außer würgender Geräusche kam nichts aus meinem Mund. Die trällernde Stimme des Bären war zu hören.

»Ich mach dir Fenchel. Fenchel hilft immer! Bis gleich, beste Freundin.«

Das konnte nicht wahr sein. Es war eine reine Einbildung. Ein Drogentrip. Nicht mehr und nicht weniger.

Leise begann ich zu kichern. Diese blöde Schlampe mit ihren beschissenen Pralinen. Die konnte etwas erleben.

Pralinensuche

In meinem Mund hatte sich der scharfe Geschmack von Mundspülung ausgebreitet und aus der Küche hörte ich den Wasserkocher, sowie das Klimpern von Teetassen. Ich betrat das Wohnzimmer, lächelte über den wunderschönen Baum, den ich mit Marcel ausgesucht und geschmückt hatte, und freute mich über den Schnee, der nach wie vor in dicken Flocken vom Himmel fiel.

Die angebliche Leiche störte das Gesamtbild ein wenig, aber das machte nichts. Die würde weg sein, sobald die Drogen aus meinem Körper waren. Aus der Küche kam ein fröhliches Summen, und als ich nachsah, erblickte ich den Teddybären, der damit beschäftigt war, auf den Wasserkocher zu warten. »Das ist wirklich lieb von dir, danke.« Ich umarmte ihn, fühlte das weiche Fell, das dieselbe Haarfarbe hatte wie Marcel. Wenn ich genau darüber nachdachte, dann roch er sogar wie mein Mann.

Vorsichtig lehnte sich der Teddybär gegen mich, erwiderte die Umarmung, während das Wasser immer lauter blubberte.

»Gerne. Alles für meine beste Freundin. Geht es Dir besser?« Ich wusste gar nicht, womit ich es verdient hatte, dass er sich ständig so gut um mich kümmerte. Selbst jetzt, während ich an Heiligabend komplett auf einem Trip war, war er noch immer die Ruhe selbst. Der Mann war wirklich ein Glücksgriff. »Ein wenig, danke. Tut mir leid, dass ich den Abend kaputt gemacht habe.«

Vorsichtig goss er das heiße Wasser in den Becher.

»Ach was, alles gut. Dafür bin ich ja da, oder?«

Der Duft von Fenchel stieg mir in die Nase und ich seufzte erleichtert. Endlich ergab das hier alles einen Sinn und mir kam ein Gedanke.

Ich öffnete den Schrank, in dem wir unsere

Süßigkeiten aufbewahrten, und begann zu suchen. Mit etwas Glück hatten wir noch nicht alle aufgegessen.

Teddy-Marcel schien ein wenig verunsichert zu sein, was ich gerade machte.

»Suchst du was?«

Mein Kopf hing halb im Schrank.

»Ich will gucken, ob wir noch was von diesen Drogenpralinen haben. Weißt du, ob wir die aufgegessen haben?«

»Drogenpralinen?«

»Die von Birgit. Ich will sie zur Polizei bringen, um das Miststück anzeigen zu können. Wäre gut, wenn wir noch welche haben.« Im Schrank waren keine mehr und ich stemmte meine Hände in die Hüfte, während ich grübelte.

Der Bär stand einfach auf der Anrichte und sah mich fragend an, als wäre ich die seltsame Halluzination am Weihnachtsabend.

»Was für Drogenpralinen?«

Langsam nervte es mich, dass er mir nicht folgen konnte. Bärenform hin oder her. Die Version, die als Pseudoleiche unter dem Baum lag, wäre vermutlich hilfreicher.

»Die Pralinen, die mir Birgit gegeben hat? Die, die dafür Sorgen, dass ich dich als Bär sehe und gleichzeitig als Leiche da unter dem Baum? Die, die dafür gesorgt haben, dass ich mich eben übergeben musste?«

Es kam keine Antwort von dem Teddy und ich winkte genervt mit den Händen ab.

»Vergiss es, ich such selber.«

Wütend stapfte ich aus der Küche und stieg über die falsche Leiche im Wohnzimmer. Auch, wenn sie nicht echt war, so wollte ich nicht auf den Körper meines Mannes treten, denn es fühlte sich dennoch echt an. Das Blut, das ich mir eingebildet hatte, hatte sich sehr echt an den Zehen angefühlt. Da ich keine

Ahnung hatte, an wie viel ich mich erinnerte, wenn ich wieder klar wurde, wollte ich nichts provozieren.

Zielsicher steuerte ich auf das Sofa und den Wohnzimmertisch zu, ging auf die Knie und sah unter den Tisch.

Ha! Wusste ich es doch!

Auf der Ablagefläche unter dem Tisch, genau neben einer Box mit Taschentüchern und alten Zeitschriften, lag die Zellophantüte mit zwei restlichen Pralinen. Perfekt!

Begeistert setzte ich mich wieder auf, wobei mir schwindelig wurde und ich rückwärts auf meinem Hintern landete. Sofort war Teddy da, stellte den Tee auf den Tisch und hielt mich fest.

»Vorsichtig! Nicht, dass du dir weh tust.«

Ich kicherte böse.

»Selbst wenn, das wäre ideal! Wenn ich auf Drogen bin und mich verletze, dann bekommt Birgit noch mehr Ärger. Das wäre großartig.«

Marcel in Bärenform sagte nichts, half mir nur aufs Sofa und reichte mir den Tee.

Am liebsten hätte ich bei Google gesucht, wie lange dieser Trip noch dauerte, aber da ich keine Ahnung hatte, was ich geschluckt hatte, war es sinnlos. Das stellte mich wiederum vor andere Probleme. Grübelnd zog ich den Teebeutel aus dem Wasser und ließ ihn wieder ins Wasser plumpsen.

»Ich bin mir unsicher, was wir wegen Morgen machen sollen.«

»Ich kann absagen. Das hatte ich dir ja schon angeboten.«

Langsam schüttelte ich den Kopf.

»Und wenn es mir morgen wieder besser geht? Dann hätten sie sich die ganze Mühe umsonst gemacht und sich um mich Sorgen gemacht.«

»Denkst du, dass du da alleine hin kannst? Sie würden sich sicherlich wundern.«

Ich blinzelte den Bären an.

»Ich bin doch nicht alleine? Du bist doch dabei, oder würdest du etwa hier bleiben? Aber du hast schon Recht. Ich gehe davon aus, dass es mir morgen besser geht, und was ist, wenn nicht? Vielleicht sollten wir am besten in ein Krankenhaus fahren und die Pralinen mitnehmen?«

Der Bär stellte seinen Becher weg und legte den Kopf schief. Hatte er überhaupt etwas getrunken? Vorsichtig glitt er auf den Boden, kam zu mir herüber. Das erste Mal an diesem Abend hörte ich Sorge in seiner Stimme, als er seine kuschelige Pfote auf meinen Oberschenkel legte.

»Vielleicht lehne ich mich ein wenig zu weit aus dem Fenster, wir kennen uns ja noch nicht so lange, auch wenn ich das Gefühl habe, dass wir schon immer beste Freunde waren«, begann er und ich streichelte liebevoll sein Gesicht. Marcel fand schon immer die richtigen Worte, um mir seine Liebe zu gestehen, »aber ich denke, dass es auffällt, wenn du alleine kommst, ohne deinen Ehemann. Besonders, wenn ihr zu seinen Eltern fahrt. Da würden Fragen entstehen, meinst du nicht auch?«

Verständnislos stieß ich Luft aus der Nase.

»Was meinst du denn jetzt damit? Warum sollte ich ohne meinen Mann kommen?« Der Bär sah erst mich eindringlich an, dann wanderte sein Blick zu dem Baum und dem Körper, der auf dem Boden lag.

»Weil dein Mann, der Sohn deiner Schwiegereltern, dort auf dem Boden liegt? Tot? Ich glaube nicht, dass er mitkommen kann oder sollte. Auch wenn ich dich als dein bester Freund unterstütze, aber das wäre seltsam.«

Ich lachte und wischte mir eine kleine Träne aus den Augen.

»Du bist so lustig. Vielleicht solltest du immer ein Teddy bleiben.«

Es war schon faszinierend, wie sehr mich die Werbung, besonders die Plakate, der letzten Wochen, gerade beeinflussten. Was wäre wohl aus Marcel geworden, wenn ich andere Werbung gesehen hätte? Eine sprechende Müslischale vielleicht? Allein der Gedanke daran ließ mich weiterkichern. Ganz im Gegensatz zu meinem Mann in Teddyform, der mich nun besorgt ansah. Ich fand es schon immer niedlich, wenn er als Mensch seine Stirn in Sorgenfalten gelegt hatte, doch jetzt mit dem Kunstfell, Blut darin hin oder her, war er fast zum Fressen.

Amüsiert schrubbelte ich ihn über die Wangen, doch anstatt dass er lachte, nahm er meine Hände vorsichtig in seine Kuscheltierpfoten und sah mir in die Augen. So intensiv, wie schon lange nicht mehr. Wäre es seltsam, wenn ich jetzt mit einem Bären schlafen würde? Er wäre ja kein echter Bär, nur in meinen Gedanken. Würde das dennoch in einen seltsamen Bereich gehen? Vermutlich schon...

Seine Knopfaugen blickten mich unsicher an.

»Geht es dir gut? Also ich meine, wirklich gut?«

Unschlüssig verzog ich das Gesicht. Die Frage war nicht leicht zu beantworten, immerhin stand ich unter Drogen. Auf der anderen Seite, tat mir nichts weh, außer mein Magen, der ein wenig flau war, und das war etwas, was ich wirklich verkraften konnte.

Beruhigend drückte ich seine Pfoten.

»Natürlich geht es mir gut. Warum auch nicht? Wenn der Rausch erst einmal vorbei ist, dann ist alles wieder in Ordnung.«

Es war herzerwärmend, wie sehr er sich um mich sorgte, auch wenn ich es beinahe ein wenig frustrierend fand, dass er nicht wütend auf Birgit war. Immerhin hatte sie mich vergiftet – oder eher gesagt uns. Warum war er nicht, wenn auch nur ein wenig, aufgebrachter?

»Glaubst du, wir sollten die Polizei rufen?« Die Frage

kam ganz plötzlich aus mir heraus, aber traf offensichtlich einen Nerv, denn mein Mann in Teddyform hörte auf, mich besorgt anzusehen. Stattdessen ließ er mich los und setzte sich auf den Wohnzimmertisch mir gegenüber.

»Das wäre vermutlich sinnvoll, aber was willst du denn erzählen?« In seiner Stimme war eine Tonlage, die ich nicht genau einschätzen konnte. Skepsis? Glaubte er mir das mit den Drogen etwa nicht? Ich fühlte, wie sich Enttäuschung in mir breit machte.

»Was ich erzählen will? Na die Wahrheit, was sonst?!«

»Und was ist die Wahrheit?« Die Frage alleine brachte mich dazu, wütend aufzustehen und wild mit den Armen zu fuchteln.

»Ist das dein Ernst?«, brüllte ich, und die Enttäuschung wurde zu Wut. Er schien mir wirklich nicht zu glauben. »Wir wissen beide, was die Wahrheit ist, und jetzt fängst du so an? Die Schlampe hat mich vergiftet, wollte mich vielleicht umbringen, uns beide! Keine Ahnung, warum es dir gutzugehen scheint, aber mir nicht. Ich sehe dich als Bär, Marcel, und da hinten liegt eine Leiche, die aussieht wie du. Weißt du, was für eine Scheißangst ich vorhin hatte?«

Jetzt, wo ich darüber nachdachte, fiel mir erst auf, dass er sich vorhin einen Dreck um mich gekümmert hatte. Ich hatte die ganze Zeit über auf dem Boden gekauert, Angst gehabt, geweint und gewimmert – und was hat er gemacht? Nichts! Er ist verschwunden und hat sich irgendwann einfach vor den Fernseher gesetzt, als wäre nichts gewesen! Klar, jetzt war er nett zu mir, wo ich wieder klarer im Kopf wurde, aber bis dahin?

Nichts!

Die Erkenntnis war noch schlimmer, als die untergemogelten Drogen. Von Birgit, der Fax-Fotze, hatte ich nichts anderes erwartet, wenn ich ehrlich war, aber von ihm? Von dem Mann, mit dem ich mein Leben verbringen wollte? Von ihm hatte ich so etwas nicht erwartet, und dass er nicht auf einem Trip war, ließ sich nur durch eine Sache erklären.

»Du warst das.«

Der Bär sah mich vorsichtig an, als hätte er Angst, etwas Falsches zu sagen.

»Was war ich?«

»Tue nicht so!« Wieder schrie ich und machte zwei große Schritte um das Sofa herum, um Abstand zwischen uns zu bringen.

»Du hast mich unter Drogen gesetzt, gib es zu.«

Der Bär riss die Augen auf.

»Ich? Warum sollte ich das getan haben?«

»Weil es alles Sinn ergibt. Du bist später nach Hause gekommen, weil du irgendwo Drogen gekauft hast, um mich zu vergiften. Du weißt, dass ich Birgit hasse, und so war es nur logisch, dass du die Pralinen nutzt, die ich von ihr bekommen habe. Woher du wusstest, dass sie mir welche schenkt, keine Ahnung. Vermutlich ist das auch unwichtig. Du hättest ALLES genommen, um mir das Zeug zu geben, nicht wahr?«

Je mehr ich alles zusammensetzte, desto weiter war ich zurückgegangen, hatte ihn dabei nie aus den Augen gelassen. Ihn, der in seiner Teddyform so unschuldig aussah und mich wieder aus besorgten Augen ansah. Als er endlich etwas sagte, klang seine Stimme traurig, beinahe erschöpft. Welche KI klang schon erschöpft?! Siri oder Alexa ganz sicher nicht! Wie konnte das also dieser angeblich künstliche Bär tun?

»Warum hast du es getan? Warum hast du mich unter Drogen gesetzt?!« Dass er mir so etwas antun konnte, brach mir das Herz, und ich fühlte, wie Tränen über das Gesicht liefen. Noch vor kurzer Zeit hatte ich mir gewünscht, dass wir draußen waren. Im Schnee. Ich war glücklich gewesen.

45

Jetzt hingegen war alles auseinandergebrochen und ich fragte mich, ob eine Scheidung der nächste Schritt wäre, der jetzt folgen würde.

Mein Mann seufzte. Ich hatte seinen Plan durchschaut, auch wenn ich das Warum immer noch nicht kannte.

»Erkläre es mir. Wolltest du nicht zu deinen Eltern? War es dir deshalb so wichtig, dass ich dir sagte, dass du absagen sollst?« Gut, das Verhältnis zu seinen Eltern war nicht ideal, aber dass er so weit gehen würde? Und mich in Gefahr brachte?

Teddy-Bald-Ex schüttelte den Kopf.

»Du siehst das alles ganz falsch, wirklich. Bitte. Darf ich es dir erklären?«

Nein, eigentlich durfte er das nicht. Ich wollte keine Ausreden oder Entschuldigungen hören. Nicht, nachdem er mich gerade so verraten hatte. Auf der anderen Seite war es nur fair, oder? Was, wenn selbst die Gespräche, die wir hier führten, ganz anders waren?

Mein Kopf begann zu pochen, das war zu viel, ich nickte leicht. Erleichtert seufzte der Teddy vor mir, schien sich zu sammeln und rutschte vorsichtig vom Tisch. Mit sanften Schritten ging er um das Sofa herum, hielt aber den Abstand zwischen uns.

»Ich glaube, du hast ein wenig den Bezug zur Realität verloren und das macht mir Sorgen«, begann er und sofort unterbrach mein Lachen seine Ausführung. Natürlich hatte ich den Bezug zur Realität verloren. Ich hatte Drogen intus!

Anstatt ihm das jedoch wieder an den Kopf zu werfen, schlug ich die Hände vor den Mund und ließ ihn weiter sprechen.

»Du bist meine beste Freundin, deshalb möchte ich dir helfen. Du scheinst nicht ganz zu verstehen, was hier passiert ist. Ich bin nicht dein Mann. Dein Mann ist tot. Er liegt dort unter dem Baum und du? Du hast keine Drogen im Körper. Die Pralinen waren mit nichts versetzt, die waren einfach nur schlecht gemacht und ekelhaft.«

»Ja klar, und du bist einfach ein sprechender Bär oder was?«

Der Teddy zuckte mit den plüschigen Schultern.

»Tut mir leid, wenn dir das nicht reicht, aber ja. Ich bin ein Teddybär und dein bester Freund. Nicht mehr, nicht weniger.«

Genervt schüttelte ich den Kopf und stemmte mich vom Boden hoch. Das hier lief einfach nur gegen die Wand und wir kamen nicht weiter. Er würde es nicht zugeben, er verstand aber auch nicht, was ich durchmachte. Warum bestand er darauf, dass er nicht mein Mann war?

»Das ist Unsinn. Du bist mein Mann. Noch. Du hast mir das angetan und jetzt versuchst du mich zu belügen. Lass gut sein, okay?«

Ein langes Seufzen durchbrach die Stille, gefolgt von der Stimme des Bären.

»Steh auf.«

»Was?«

»Steh auf und komm her.«

»Warum sollte ich?«

»Du glaubst mir nicht, was ich sage, also muss ich es dir zeigen, auch wenn ich dir nicht weh tun möchte. Immerhin bist du meine-«

»Wehe, du sagst jetzt, beste Freundin.« Ich sah ihn wütend an. Ich konnte diese Worte nicht mehr hören. Warum sagte er nicht einfach, dass ich seine Frau war? Oder war das mein Hirn?

Ergeben stand ich auf, achtete aber gedacht darauf, dass ich nicht zu nah an den lügenden Kunstfellhaufen kam.

»Gut, ich stehe. Was willst du?«

Er sah zu der angeblichen Leiche herüber, die dort lag.

»Fass sie an.«

»Was?« Das konnte nicht sein Ernst sein.

»Fass sie an. Die Leiche von deinem Mann. Wenn sie nicht da ist, nicht echt ist, was soll schon passieren?« Der Unterton provozierte mich auf eine Art, mit der ich nicht gerechnet hatte. Das war alles nur noch lächerlich. Ich sollte im Bett liegen und ausschlafen und morgen in Ruhe mit meinem Mann reden und nicht mit dieser Halluzination diskutieren. Wenn das aber dazu beitrug, dass ich genau das tun konnte, dann würde ich das eben erledigen.

Fast schon provokant langsam ging ich an ihm vorbei, passierte den Tisch mit dem Weihnachtsessen. Die Kerzen waren heruntergebrannt, Wachs war auf die Tischdecke getropft. Es würde nervig werden, wenn ich das herausbekommen wollte.

Ich stand vor der angeblichen Leiche, sah zu ihr herunter und erschrak, wie echt alles wirkte. Mein Gehirn hatte sich alle Mühe gegeben, mich davon zu überzeugen, dass das hier wirklich Marcel war. Ich schluckte und musste mir eingestehen, dass es doch nicht so einfach war. Obwohl ich wusste, dass es nicht echt war, wollte mein Verstand es als Realität vermerken. Frustriert hob ich die Arme, ließ sie wieder sinken.

»Und jetzt?«

Der Alltagsheld hatte sich mit ein wenig Abstand neben mich und die Leiche gestellt. Weit genug von mir weg, um mir Raum zu lassen, aber auch weit genug weg, um kein falsches Blut in das Kunstfell zu bekommen.

»Fass ihn an. Mir egal, wie. Stupsen, Piksen. Es macht keinen Unterschied.«

»Na gut.« Je schneller ich es machte, desto schneller war ich im Bett.

Ich nickte, schob den Gedanken zur Seite, dass das hier echt sein könnte, schluckte und streckte meinen

Fuß aus, um ins Leere zu treten.

Mein Fuß stieß gegen den kalten Rücken meines toten Mannes und ich verlor vor Überraschung das Gleichgewicht, trat in das Blut, welches jetzt die Konsistenz von Zuckersirup hatte, und verlor den Halt. Ich stürzte nach vorne, direkt auf den steifen Körper meines Mannes. Durch das Blut war ich nicht in der Lage, mich abzufangen.

Meine Hände glitten durch den Blutsirup, rutschten zur Seite und ich prallte mit dem Gesicht auf seine Brust, knapp unterhalb der klaffenden Halswunde, die langsam anfing an den Rändern der Haut zu trocknen, wie ein Stück Steak, das zu lange in der Pfanne gelegen hatte.

Alltagsheld

Der Schrei war irgendwo in meiner Brust hängen geblieben. Hatte sich an meine Luftföhre, meine Kehle geklammert und weigerte sich, krampfhaft herauszukommen, schnürte mir den Hals zu. Ich starrte wie gebannt auf die Fleischfetzen, den Knorpel und das trockene, klumpige Blut vor mir, fühlte den kalten Körper von Marcel unter mir, sowie das Blut an meinen Händen.

Purer Horror durchfuhr mich, stieß wie Stromschläge in meinen Körper, als ich begann zu realisieren, dass das hier keine Halluzination war. Alles, was ich gesehen hatte, gehört hatte. Alles, war wirklich passiert, kein Traum oder Drogentrip gewesen.

Ein Wimmern entkam meinem Mund und es schien das Zeichen für den Alltagsheldenteddy gewesen zu sein, auf das er gewartet hatte. Aus dem Augenwinkel sah ich, wie er langsam um uns herum ging, über einige Blutspritzer sprang, um sein Fell nicht zu beschmutzen. Er blieb genau neben meinem Kopf und der Kehle von Marcel stehen, ging ein wenig in die Hocke.

»Geht es dir gut?« Tränen stiegen mir in die Augen, nahmen mir die Sicht. Ich begann zu zittern, als der Schock sich bemerkbar machte, versuchte irgendwie den Kopf zu schütteln und flehte innerlich darum, dass es schnell gehen würde.

»Töte mich.« Ich schluchzte jämmerlich. Der Teddy ließ sich auf seinen weichen Po fallen.

»Warum sollte ich das tun?«

»Du hast meinen Mann ermordet.«

»Ich habe dich beschützt. Ich bin dein bester Freund!«

Ich presste die Lippen fest zusammen, die vor Trauer und Schock nur so zitterten. Speichel tropfte meine Lippen herunter.

»Du bist ein Monster!« Die Worte kamen gequält aus mir hervor und schienen den Bären zu verletzen.

»Ich bin ein Teddy und dein Freund.«

»Hör auf, das zu sagen! Du bist nicht mein Freund!«

Schwach erinnerte ich mich daran, dass wir diese Unterhaltung bereits geführt hatten, und auch das Monster schien sich daran zu erinnern, wenn auch mit einer anderen Emotion. Er seufzte. Er hatte die Dreistigkeit, zu seufzen!

»Ich bin dein Freund. Dafür hat dein Mann mich gekauft. Ich bin ein Geschenk, und ich habe genau das getan, worum er mich gebeten hat. Dass er das Problem war und ich dich vor ihm beschützen musste, das ist nicht meine Schuld.«

Mein Blick huschte zu dem Bären.

»Was?«

»Er war die Gefahr.«

»Das ist nicht möglich. Er hat mich geliebt.«

»Stimmt«, bestätigte er meine Aussagen, »aber Geld hat er noch mehr geliebt.«

»Du lügst. Jedes Mal, wenn du etwas sagst, lügst du.«

»Ich würde dich nie anlügen. Das kann ich gar nicht. Dafür wurde ich nicht programmiert. Ich kann Geheimnisse hüten, aber nicht bewusst lügen.«

Ich wusste nicht mehr, was ich noch denken oder fühlen sollte. Wann war mein Leben, dieser Weihnachtsabend, zu so einem schlechten Horrorfilm geworden? Das konnte alles nicht wahr sein.

»Nein.«

Wieder seufzte der Bär, stand auf. »Vielleicht wäre es besser, wenn ich es dir zeige. Das hätte ich schon viel früher tun müssen, aber wir kannten uns da nicht so gut und ich wollte dir keine Angst machen.«

51

Enttäuscht schüttelte er den Kopf.

»Ich bin gleich wieder da. Bleib bitte ruhig, damit du dir nicht weh tust.«

Aus verheulten Augen sah ich ihm nach, wie er mit leisen, tapsigen Schritten das Wohnzimmer verließ. Ich hörte die Diele im Flur und die Schlafzimmertür, die immer dann quietschte, wenn man einen bestimmten Winkel der Scharniere erreicht hatte. Es folgten Momente der Stille, gefolgt von Papierrascheln und dem erneuten Knarren der Diele.

Schweigend kam der Teddy zurück, in seiner Hand Papiere, die ich noch nie gesehen hatte. Als er sich gesetzt hatte, hielt er sie mir so vor das Gesicht, dass ich sie lesen konnte.

Ich blinzelte die Tränen weg, um besser lesen zu können.

Risikolebensversicherung
Versicherte Person...

Dort stand mein Name. In großen, deutlichen Buchstaben stand mein Name! Ich hatte diesen Vertrag noch nie gesehen. Immer schneller huschten meine Augen über das Papier.

Versicherungssumme? 750.000 €

Begünstigter? Marcel. Mein Mann.

Erneut wollte ich sagen, dass das alles nicht möglich war, dass das eine Lüge sein musste, doch wie oft wollte ich mir das noch sagen? Von allem, was heute passiert war, musste irgendetwas wahr sein.

Immer wieder glitt mein Blick über den Vertrag, suchte nach einem Hinweis, wie ich das alles einordnen konnte, und fand ihn.

»Das Datum«, flüsterte ich fassungslos und Teddy ließ ihn sinken, nickte, »Das war der Tag, an dem er später nach Hause kam, oder?« Ich hatte den genauen Tag nicht mehr im Kopf, aber es passt ungefähr von der Zeit.

»Ja, das ist der Tag.«

»Woher weißt du das so genau? Woher weißt du überhaupt irgendwas?«

Wenn er ein Mensch gewesen wäre, dann hätte er vermutlich seinen Mund verzogen, doch jetzt war alles, was der Bär konnte, sich mit seiner Plüschpfote am Kopf zu kratzen.

»Das ist eigentlich recht einfach. Als er mich und den Bären für seine Eltern gekauft hatte, war er so aufgeregt gewesen, dass er mich gleich ausprobieren wollte. Er hatte mich mit seinem Laptop verbunden, um die ersten Daten und Informationen einzutragen. Dabei hatte ich auch Zugriff auf seine Mails, Konten und den Terminkalender. So erfuhr ich von bestimmten Dingen, die er organisiert hatte, und mir war klar, dass ich, als dein bester Freund, auf dich aufpassen muss.«

»Was für Dinge?« Das dieses Ding nicht wirklich sagte, was vor sich ging, bescherte mir eine Gänsehaut auf dem gesamten Körper.

»Dinge, von denen du nichts wissen musst. Ich habe mich darum gekümmert und bin vorbereitet.«

Tausende Fragen schossen in meinem Kopf umher, aber vor allem eine Tatsache, traf mich wiederschlag.

»Wie soll ich das hier erklären?! Mein Mann ist tot!« Eine weitere Welle aus Panik erfasste mich und wieder blieb der Bär ruhig.

»Das erledige ich.«

»Du?« Mein Körper wusste nicht mehr, ob er lachen, heulen, zittern oder schreien sollte, und langsam, ganz langsam fühlte ich, wie mein Verstand taub wurde. Taub war gut. Taub musste ich mich nicht um irgendetwas kümmern oder sorgen. Taubheit war Ruhe.

Teddy sah auf die Uhr an der Wand und stand auf, ging in die Küche, ohne etwas zu erklären. Es klimperte leicht, als er an der Besteckschublade war.

Mit einem großen Küchenmesser in der Hand kam er zurück, sah erneut auf die Uhr.

»Gleich ist alles wieder in Ordnung. Versprochen. Dann können wir beste Freunde sein. Für immer.«

Ich wusste nicht, ob das bedeutete, dass er mich ebenfalls umbringen wollte oder etwas anderes vorhatte, aber er sah immer wieder auf die Uhr. Minutenlang schwiegen wir uns an, und gerade, als ich ihn fragen wollte, was nun passieren würde, hörte ich es.

Wir beide sahen zum Flur, aus dem ein krachendes Geräusch kam. Es hörte sich an, als würde Holz splittern.

Jemand brach die Haustür auf.

Mein Atem beschleunigte sich, aber Teddy sah mich an, hielt sich die Pfote vor das Gesicht und zeigte mir an, dass ich ruhig sein sollte. Mit schnellen, weichen Schritten war er direkt vor mir.

»Es tut mir leid, aber das muss jetzt sein.«

Noch bevor ich schreien konnte, schlug der Bär den Griff des Messers gegen die Schläfe. Schmerz durchzuckte meinen Kopf und alles um mich herum wurde dämmrig, bis ich in Dunkelheit versank. Das Letzte, was ich hörte, war ein markerschütternder Schrei von einem Mann, den ich nicht kannte.

Das Licht blendete, als ich wieder wach wurde. Ein leises Piepen drang an mein Ohr, sowie flüsternde Stimmen, die ich nicht verstand. Eine davon schien zu weinen. Ich wollte mich bewegen, mich bemerkbar machen, doch mein gesamter Körper schmerzte, verweigerte den Dienst. Ein Stöhnen entwich mir, und das reichte, um mir die Aufmerksamkeit der Menschen um mich herum zu sichern. Hände tauchten auf, griffen nach meiner Hand, nach meinem

Gesicht, fragten mich, ob ich wüsste, wo ich war.

War ich nicht zu Hause? Fragend blinzelte ich in die Gesichter, die immer deutlicher wurden, und erkannte irgendwann meine Schwiegermutter.

Marcels Mutter.

»Liebes, Gott sei Dank bist du wach. Wie geht es dir?«

Beschissen.

Es ging mir absolut beschissen.

»Was ist passiert?«, nuschelte ich und zuckte zusammen, als meine Lippe schmerzte.

»Ihr...«, setzte sie an, aber Tränen brachten sie zum Schweigen, und anstatt mir zu antworten, stürzte sie sich weinend in die Arme ihres Mannes, der an meinem Fußende stand und mich bestürzt ansah. Ein unbekanntes Gesicht erschien in meinem Blickfeld. Der Kittel und die Lampe, die mir direkt in die Augen leuchtete, entlarvten ihn als Arzt.

»Sie haben einen Überfall überlebt. Können Sie sich an etwas erinnern?«

Überfall?

Ach ja, die Tür und das Geräusch. Dann waren da der Bär und Marcels Leiche.

»Mein Mann.«

Marcels Eltern jaulten auf, als wären sie getroffene Hunde. Das Bild der Versicherungspolice kam mir in den Sinn. Ob sie davon gewusst hatten? Warum sie deshalb so traurig? Oder nur, weil ihr Sohn tot war?

»Ihr Mann ist tot. Er hat es leider nicht geschafft, es tut mir leid.«

Ich nickte.

Wie hätte er es auch schaffen sollen? So ganz ohne Kehlkopf. Ich sah mich um. Es war dunkel draußen, es schneite nicht mehr, aber die Welt vor dem Fenster war weiß. Auf dem Parkplatz des Krankenhauses stand eine riesige Tanne, die mit Lichtern geschmückt war. War es noch immer dieselbe Nacht?

»Welchen Tag haben wir?« Mein Hals war rau und trocken.

»Den sechsundzwanzigsten Dezember. Morgens um drei. Sie haben den ersten Weihnachtstag verpasst.«

Der Arzt sagte das, als wäre das gerade das Schlimmste an der Situation. Nicht, dass ich jetzt Witwe war oder dass mein Mann offenbar versucht hatte, mich umbringen zu lassen, um an Geld zu kommen. Nein. Das wahre Dilemma waren das verpasste Weihnachtsfest und der trockene Braten meiner Schwiegermutter.

Ich nickte dankend und der Arzt hörte auf, an mir herumzufummeln.

»Sie sind soweit stabil. Kommen Sie ein wenig zur Ruhe, wenn möglich. Wir reden am Morgen. Wenn sie etwas brauchen, dann ist hier eine Klingel.«

Er zeigte auf einen Knopf an einem Kabel, der über mir hing und ging, ohne ein weiteres Wort zu sagen, ließ mich mit meinen Schwiegereltern alleine im Raum. Noch immer weinte Marcels Mutter, wischte sich immer wieder die Augen mit ihrem Ärmel ab. Etwas in mir verspürte den Drang, etwas zu sagen.

»Es tut mir leid«, krächzte ich, auch wenn ich nicht wusste, was mir leidtat.

Dass Ihr Sohn tot war?

Dass er mich offenbar umbringen wollte und es nicht geschafft hatte?

Dass ich nicht tot war oder dass wir einfach das Essen verpasst hatten?

Keine Ahnung, aber es tat gut, es gesagt zu haben. Was sie daraus machten, war jetzt ihre Sache.

Mein Schwiegervater war es, der reagierte. Seine Stimme war ruhig, so wie immer, aber ich konnte den Schmerz darin hören. Sachte berührte er meinen Fuß durch die viel zu dünne Krankenhausdecke.

»Wir sind einfach froh, dass du noch lebst, Kleines.

Wirklich. Marcel wäre froh, wenn er...« Der Mann, der aussah, als könnte er Bäume mit der bloßen Hand zerreißen, brach ab und rang nach Fassung. Ich konnte es nicht ertragen, sie so zu sehen, und wandte den Blick zur Seite, wo ich erst jetzt den blutverschmierten Bären sah, der auf dem Tisch stand.

»Der Teddy«, murmelte ich, und sofort lief meine Schwiegermutter zu ihm herüber, strich zärtlich über das Fell. Irgendjemand musste versucht haben, ihn zu waschen. Das Blut war nur noch ein zarter Schimmer auf dem Fell, aber dennoch gut zu sehen.

»Er hat dich gerettet, weißt du?«

Sie wusste davon?

Unsicher sah ich sie an und sie nahm ihn vorsichtig hoch, brachte ihn mir herüber und setzte ihn sachte an meine Seite. Der Geruch von Seife stieg mir in die Nase.

»Der Bär hat unserem Bären Bilder geschickt. Keine Ahnung warum, aber er hat es getan und darauf haben wir... also das Blut und...«

Wieder brach sie ab, griff meine Hand und drückte sie vorsichtig, um mir nicht weh zu tun. Ich hatte keine Ahnung, warum es mir so schlecht ging, wo die Verletzungen herkamen. Alles, was ich wusste, war, dass der Bär neben mir saß und in einer künstlich niedlichen Stimme, die wie ein schlechter Computer klang, das Piepsen der Geräte übertönen.

»Ich bin der Ich-hab-dich-lieb-Bär. Der Alltagsheldteddy. Ich bin dein bester Freund.«

Contentnotes

Dieses Buch enthält folgende Themen, die für einige Leser*innen problematisch sein könnten:

- Mord
- Blut
- Drogen
- Halluzinationen
- Körperflüssigkeiten
- Erbrechen
- Krankenhaus
- Panikmomente
- Mobbing

Ich garantiere nicht, dass diese Aufzählung komplett ist und ein anderes Thema enthalten sein könnte, das für eine Person unangenehm sein kann. Bitte achte beim Lesen selbst auf dich und deine Gesundheit.

FSC
www.fsc.org

MIX

Papier | Fördert
gute Waldnutzung

FSC® C083411

Zeitfracht Medien GmbH
Ferdinand-Jühlke-Straße 7
99095 Erfurt, Deutschland
produktsicherheit@kolibri360.de